L'ACTEUR
DANS SON MÉNAGE,

TABLEAU ANECDOTIQUE

MÊLÉ DE VAUDEVILLES,

Par Mⁱⁿ. J^h. BOULLAULT.

Représenté, pour la première fois, sur le Théâtre de l'Ambigu-comique, le 6e. jour complémentaire, an 7.

A PARIS,

Chez le Libraire, au Théâtre du Vaudeville, rue de Malthe ;
Et à son Imprimerie, rue des Droits-de-l'Homme, N°. 44.

An VIIIe.

Les Exemplaires ont été fournis à la Bibliothèque nationale.

AU LECTEUR.

UNE anecdote arrivée au citoyen *St.-Ph..* m'a fourni le sujet de *l'Acteur dans son ménage.* L'accueil flatteur que cet ouvrage a reçu du Public à la représentation, me fait espérer qu'il sera lu avec plaisir. Comment donc ? de l'amour-propre ! me direz-vous ? — Je sais qu'un auteur en a toujours plus ou moins. Mais soyez bien persuadé que mon succès ne m'enorgueillit point : il me prouve seulement qu'il est facile de plaire au Public, lors même qu'on ne fait qu'esquisser les talens, les vertus et l'amabilité. Je restitue donc au citoyen *St.-Ph..* les applaudissemens que l'on a donnés à ma pièce. Qu'il daigne en accepter l'hommage, et je me croirai trop heureux d'avoir rappelé au souvenir des amis des arts un acteur qui, depuis long-tems, jouit de leur estime et de leur amitié.

BOULLAULT.

————————————

PERSONNAGES.	ARTISTES CC. et C^{ne}.
DORVAL, (l'Acteur).	*Isidor.*
FLORICOUR, ami de Dorval.	*Picardeaux.*
DORIMON, oncle de Julie.	*Belval.*
JULIE, amante et gouvernante de Dorval.	*Devercy.*
FREDERIC, âgé de 9 ans, ⎫ enfans	
AUGUSTE, âgé de 8 ans, ⎭ de Dorval.	
JACQUOT, domestique de Dorval.	*Lejeune.*

La Scène est à Paris, dans un des appartemens de Dorval.

L'ACTEUR
DANS SON MÉNAGE,
TABLEAU ANECDOTIQUE.

Le Théâtre représente un Sallon meublé avec élégance.

SCENE PREMIERE.

DORVAL, *vêtu d'une lévite de bazin, tenant un rôle à la main.*

JAMAIS rôle ne m'a coûté autant d'étude. Quelqu'heureuse que soit ma mémoire, elle devient toujours ingrate quand il s'agit de peindre aux yeux du public les vices et les ridicules. Combien voit-on de gens pour qui cette étude n'est qu'un jeu !

AIR : Vaudev. des Visitandines.

> On pourrait dire que la France
> Est un théâtre où maints acteurs
> Représentent sans répugnance
> Les intrigans et les voleurs.
> Mais on ne les voit qu'avec peine :
> Et si l'on ne les siffle pas,
> Le public désire tout bas
> De ne les plus voir sur la scène. (*bis.*)

Il faut pourtant m'en occuper sérieusement. Je ne veux pas apporter de retard à la représentation d'une

A 3

pièce sur laquelle mes camarades comptent beaucoup.
Et puis, combien ne doit-on pas d'égards à l'auteur dont
le génie créateur offre au public une comédie en cinq
actes! Il en est si peu qui marchent sur les traces des
Molière, des Regnard, des Destouches! Aimable Tha-
lie, votre autel chancèle sous le poids des drames et des
productions monstrueuses que chaque jour voit éclore.

Air : Vaudev. de la Soirée orageuse.

> Maints auteurs, avec des talens,
> Oubliant tous nos grands modèles,
> Ne nous offrent que des romans
> Dans toutes les pièces nouvelles.
> Un mari, très-bon allemand,
> A la foule un instant peut plaire ;
> Mais cet époux assurément
> Ne vaut pas un célibataire.

(Il rentre dens son cabinet.)

SCÈNE II.

JULIE, AUGUSTE, FREDERIC.

JULIE.

VENEZ, mes enfans : votre père ne tardera pas à pa-
raître.

AUGUSTE.

Et nous lui dirons bon jour.

JULIE.

Sans doute. Vous pouvez, en attendant, vous amuser.

FREDERIC.

Moi, je vais étudier.

JULIE.

Ce sera fort bien fait.

AUGUSTE,

Et notre parachute ?

FREDERIC.

Nous y travaillerons dans un autre moment.

AUGUSTE.

Voilà comme tu fais toujours. Eh bien, moi, je vais m'en occuper puisque ma bonne amie le permet.

JULIE, *assise auprès d'un métier à broder.*

Les aimables enfans ! En les voyant pourrai-je me repentir de l'idée que m'inspira l'amour. Les soins que je leur prodigue ont un charme qui me console de l'indifférence de leur père. Rester près de celui qu'on aime pendant six mois, sans avoir trouvé le moment de lui ouvrir son cœur ! Quel tourment ! Si Dorval pouvait le deviner ?... Mais que dis-je ? il vaut mieux qu'il ignore un sentiment que, sans doute, il ne partage pas. Oh ! non, il ne le partage pas. Ses égards, ses attentions pour moi ne décèlent que la reconnaissance, l'estime et l'amitié.

AUGUSTE.

Papa est bien long-tems.

JULIE.

C'est que peut-être il étudie.

FREDERIC.

Ne sais-tu pas qu'il joue un rôle dans la comédie nouvelle ?

AUGUSTE.

Irons-nous la voir, ma bonne amie ?

JULIE.

Si votre père y consent.

FREDERIC.

Oh ! si tu lui demandes la permission ; il ne te la refusera pas.

AUGUSTE.

Tu viendras avec nous.

JULIE.

Si vous êtes sages, je tâcherai d'arranger cela.

AUGUSTE.

Oh ! je te promets....

FREDERIC, *l'interrompant.*

D'être toujours le même : étourdi, paresseux, et ne songeant qu'à jouer.

AUGUSTE.

Cela ne te regarde pas, entends-tu ! ce n'est pas à toi à me reprendre. Tu es, il est vrai, mon aîné, mais tu n'es pas mon maître : voyez le bon apôtre.

JULIE.

Allons, mes enfans, point de querelle.

FREDERIC,

Il se fâche toujours quand je lui parle pour son bien.

JULIE.

Je suis persuadée qu'Auguste a le caractère trop bien fait.

AUGUSTE.

Avec toi, ma bonne amie, ça ne peut pas être autrement ; tu n'es pas, comme lui, sans cesse à m'impatienter.

FREDERIC.

C'est qu'elle a trop d'indulgence.

JULIE.

Auguste, j'en suis sûre, n'en abusera pas.

AUGUSTE.

Je t'aime trop pour cela.

FREDERIC.

Et d'ailleurs, il est assez raisonnable pour apprécier tout ce qu'il te doit.

AIR : *La comédie est un miroir.*

D'une mère pour son enfant
Ma bonne amie a le langage :
Mon père doit bénir l'instant
Où tu pris soin de son menage.
Aussi, dès que j'entends ta voix,
Rien alors ne peut me distraire ;
Et le charme est tel, que je crois
Entendre la voix de ma mère.

JULIE.

Mon cher Frédéric ! (*à part.*) Je ne puis cacher mon émotion. (*haut.*) Je ne suis pourtant que votre gouvernante ; mais votre père, en vous livrant à mes soins, m'a donné les marques d'une confiance.....

FREDERIC.

Que tu mérites bien. Aussi, ne nous parle-t-il jamais de toi sans nous recommander de t'aimer.

AUGUSTE.

De te chérir.

FREDERIC.

Et de t'obéir comme à lui.

AUGUSTE.

Nous n'avons pas besoin de cette recommandation.

JULIE, *à part.*

C'en est trop. Je n'y puis résister. (*Haut.*) Venez, mes enfans, venez dans mes bras ; je dois payer par un baiser votre amitié naïve et touchante.

FREDERIC.

Ah ! ce prix est trop doux pour ne pas l'accepter.

(Julie les embrasse.)

JULIE, *après les avoir embrassés.*

Que mon oncle n'est-il témoin de cette scène ; il s'applaudirait d'avoir consenti à ma démarche !

SCÈNE III.

LES PRÉCÉDENS, JACQUOT.

JACQUOT.

Mam'zelle, il y a un queuqu'un qui veut parler à M. Dorval.

JULIE.

Fais entrer.

JACQUOT.

Ça suffit. J'men vas li dire que vous voulez bien qu'il entre.

FREDERIC.

Ce pauvre Jacquot, comme il est simple !

SCÈNE IV.

JULIE, AUGUSTE, FREDERIC, FLORICOUR.

FLORICOUR, *avec gaîté.*

MADEMOISELLE, votre très-humble serviteur : je suis l'ami de Dorval. Après une assez longue absence, me voilà enfin de retour à Paris, et c'est lui qui a ma première visite.

JULIE.

Je n'en suis point surprise ; on doit toujours en pareille circonstance ses premiers pas à l'amitié.

FLORICOUR.

Mademoiselle, pardonnez à ma curiosité. Vous êtes de la maison ?

JULIE.

Je suis la gouvernante de ces enfans.

FLORICOUR.

A merveille !

AIR : *Il faut des époux assortis.*

Dorval vous doit, en vérité,
Plus que de la reconnaissance.
Il est doux de voir la beauté
Prodiguer ses soins à l'enfance.
Pour elle vos tendres secours
Sont un nouveau titre pour plaire :
Et ces enfans sont deux amours
Dont chacun vous croira la mère. (*bis.*)

JULIE.

Je vous remercie du compliment, il est flatteur.

FLORICOUR.

Vous le méritez. (*à part.*) Elle est charmante, en
vérité !

JULIE.

Vous oubliez que vous êtes venu pour rendre visite à
M. Dorval.

FLORICOUR.

Moi, pas du tout. J'arrive, je ne l'apperçois pas : je
suis reçu par une gouvernante aimable et jolie, auprès
de laquelle je l'attendrai sans nulle impatience.

JULIE.

Pour ne pas abuser de votre complaisance, je vais
vous faire annoncer.

FLORICOUR.

Pourquoi donc cela ? Je ne suis pas pressé, moi.
Dorval est sans doute occupé, il ne faut pas le déranger.

JULIE.

L'étude d'un rôle dans une pièce nouvelle l'occupe,
je crois, dans cet instant.

FLORICOUR.

Raison de plus pour ne pas le distraire.

JULIE.

Pardonnez-moi. — Frédéric !

FREDERIC.

Ma bonne amie ?

JULIE.

Vas dire à ton père.... Mais le voici justement.

SCENE V.

LES PRÉCÉDENS, DORVAL.

FLORICOUR.

Eh ! bon jour , mon cher Dorval !

DORVAL.

Eh ! c'est toi, mon cher Floricour !

FLORICOUR.

Oui, mon cher ami. De retour à Paris depuis hier,
tu vois que je n'ai pas perdu de tems pour te rendre
ma visite.

DORVAL.

Je te sais bon gré de ton exactitude.

JULIE.

Mes petits amis , embrassez votre père , et retirons-
nous.

FREDERIC, *à Dorval.*

Nous t'attendions pour te donner le bon jour.

DORVAL.

Je vous remercie , mes enfans : accompagnez votre
bonne amie, et faites en sorte qu'elle n'ait point à se
plaindre de vous.

FREDERIC.

Sois tranquille , papa.

DORVAL, *à Floricour.*

Tu vas déjeûner avec moi ?

FLORICOUR.

Très-volontiers, mon cher.

DORVAL.

Julie, vous ferez apporter le chocolat.

JULIE.

Vous allez être servi dans l'instant.

(*Elle sort avec les enfans.*)

SCÈNE VI.

DORVAL, FLORICOUR.

DORVAL.

Eh bien ? es-tu content de ton voyage ?

FLORICOUR.

Mais je n'ai pas à m'en plaindre.

DORVAL.

Au milieu des affaires que tu avais à régler, as - tu trouvé quelques plaisirs ?

FLORICOUR.

Les plaisirs, les affaires, tout s'est arrangé pour le mieux.

DORVAL.

Allons, je vois que tu as bien employé ton tems.

FLORICOUR, *avec malignité.*

Mais il me paraît que tu n'as pas aussi perdu le tien pendant mon absence.

DORVAL.

Que veux-tu dire ?

FLORICOUR, *toujours avec malignité.*

Ta gouvernante ? Elle n'est pas mal , au moins.

DORVAL.

Elle est d'une figure assez agréable.

FLORICOUR.

Je le crois bien , parbleu. Elle est charmante !

DORVAL.

Je suis enchanté qu'elle soit de ton goût.

AIR : Femmes , voulez-vous éprouver.

J'ai très peu distingué ses traits ,
Je n'ai vu que son caractère.
Chez une femme , désormais ,
C'est-là tout ce qui peut me plaire.
Je sais que pour beaucoup de gens
Mon langage est à double entente :
Je n'ai pensé qu'à mes enfans
Quand j'ai choisi ma gouvernante. (*bis.*)

FLORICOUR, *toujours sur le même ton.*

Sans doute. Il t'en fallait une pour prendre soin de ta petite famille. Ce n'est pas ta faute si son minois fait naître des idées que tu n'as jamais eues.

DORVAL.

D'ailleurs , tu sais que , depuis quelque tems , la raison a fait chez moi des progrès , qui ne devraient pas te laisser les moindres soupçons.

FLORICOUR.

Oui. Je sais qu'un premier amour mal récompensé, peut fermer , pour quelque tems , le cœur aux douces impressions. Cette indifférence est excusable dans les premiers momens.

AIR : *La pipe de tabac.*

Les torts d'une femme chérie
Peuvent bien refroidir le cœur.
Mais doivent-ils donc pour la vie
Fermer le chemin du bonheur ? (*bis.*)
L'amour n'a-t-il pas ses orages,
Ainsi que la belle saison ?
Vouloir en jouir sans nuages,
C'est avoir perdu la raison. (*bis.*)

DORVAL.

Tu vois les choses d'un œil philosophique. Sans
doute, le vuide du cœur nous livre à de cruels ennuis.
Mais je puis encore jouir des plus douces affections.
N'ai-je pas deux enfans qui m'offrent les plaisirs de la
tendresse paternelle ?

SCÈNE VII.

LES PRÉCÉDENS, JULIE *apportant le déjeûner.*

JULIE.

Voici votre déjeûner.

DORVAL.

Pourquoi donc vous donner cette peine ?

FLORICOUR.

Il a raison. Pour moi, je vous en voudrais beaucoup
si cela ne me procurait le plaisir de vous voir.

JULIE, *souriant.*

Vous êtes trop honnête. Le domestique était sorti,
et je n'ai pas voulu vous faire attendre.

DORVAL.

Je vous remercie de votre attention.

JULIE.

JULIE.

Elle est toute naturelle.

FLORICOUR.

On n'est pas plus aimable, en vérité.

JULIE, à Dorval.

Vous n'avez besoin de rien?

DORVAL.

Non, Julie. (Julie va pour sortir.)

FLORICOUR, la ramène.

Un moment, s'il vous plaît. Avec la permission de mon ami, j'ai deux mots à vous dire.

JULIE.

Vous n'ignorez pas que mon devoir m'appelle....

FLORICOUR, l'interrompant.

Votre devoir est d'entendre les jolies choses que vous savez inspirer. Je faisais tout-à-l'heure compliment à Dorval sur le choix d'une gouvernante telle que vous. Mais son cœur s'est voué à l'indifférence, et cela parce qu'une femme l'a trompé.

JULIE.

Je conviens qu'en pareil cas on est peu disposé à rendre justice aux autres.

DORVAL.

Julie, vous avez tort. Je sais vous apprécier. Depuis six mois, mes regards se fixent sur vous avec un vrai plaisir. Le soin que vous donnez à mes enfans, le zèle avec lequel vous veillez à mes intérêts, me prouvent qu'il est des femmes qui méritent notre estime et notre amitié.

B

FLORICOUR.

Ah ça ! mais, mon cher, ça m'a tout l'air d'une déclaration ; et je t'avoue que mon dessein était de te pré-
venir. Oui, belle Julie, comme Dorval, je sais vous
apprécier. Ce n'est pas depuis six mois, à la vérité,
que mes yeux se fixent sur vous avec un vrai plaisir ;
car il n'y a qu'un quart-d'heure que j'ai le bonheur de
vous connaître. Mais enfin,

AIR : *Du Vaudev. de l'Officier de fortune.*

Un seul moment près d'une belle
Donne à penser pour plus d'un jour.
Et dans ses yeux est l'étincelle
Qui fait naître le feu d'amour.
En vous voyant, en conscience,
Je regrette mes premiers ans :
Je voudrais être dans l'enfance
Puisque vous aimez les enfans.   (*bis.*)

JULIE, *souriant.*

S'il m'était permis de vous répondre.

FLORICOUR.

Comment donc ? parlez, belle Julie, parlez. Je vous
écoute.

JULIE.

Même air.

Le Français, léger et frivole,
Se montre dans tous vos discours.
On ne le croit pas sur parole,
Quand il parle de ses amours.
De votre aimable et doux langage,
Ce que j'augure seulement,
C'est qu'un homme peut à tout âge
Déraisonner comme un enfant.   (*bis.*)

Monsieur, je suis bien votre servante. (*Elle sort.*)

FLORICOUR.

Ah ! méchante que vous êtes, je m'en souviendrai.

SCENE VIII.

DORVAL, FLORICOUR.

(Ils s'asseyent auprès d'un guéridon.)

DORVAL.

Eh bien ? comment trouves-tu sa réponse ?

FLORICOUR.

Elle est on ne peut plus spirituelle.

DORVAL.

Son langage, je te l'avoue, m'étonne quelquefois.

FLORICOUR.

Ma foi, mon cher, tu possèdes un trésor.

DORVAL.

Je conviens qu'il serait difficile de rencontrer un caractère plus doux, plus honnête. Son zèle, ses soins délicats, me font oublier par fois qu'elle est ma gouvernante. Je crois voir en elle la mère de mes enfans.

FLORICOUR.

Et ta tête résiste à tout cela ? ton cœur conserve sa froideur ?

DORVAL.

Souvent... je fais... des... réflexions...

FLORICOUR.

Mais, mon cher, le chapitre des réflexions ne doit point entrer dans ton roman.

AIR : *Si Pauline est dans l'indigence.*

Au premier chapitre on s'ennuie,
Dans le ménage d'un garçon.

B 2

Survient gouvernante jolie,
Vive le chapitre second.
Et dans le chapitre troisième,
Au maître a-t-elle plu soudain,
Dans le chapitre quatrième,
Du roman l'on prévoit la fin.

DORVAL.

Oh ! je sais qu'en pareil cas, gouvernante jeune et jolie, prête toujours à la malignité.

FLORICOUR.

Dis-moi, comment as-tu fait la découverte de la tienne ?

DORVAL.

C'est par les petites affiches. Je m'étais fait inscrire à l'article des *Demandes*, pour avoir une personne qui voulût prendre soin de mes enfans. Quelques jours après, vint se présenter celle qui, comme tu le vois, justifie si bien ma confiance.

FLORICOUR.

Voilà comme souvent on gagne à s'afficher.

AIR : *De la Croisée.*

Aussi que de gens à Paris,
De s'afficher ont pris l'usage.
L'un s'affiche par ses écrits,
L'autre s'affiche pour un sage.
C'est pour notre bien que, dit-on,
Plus d'un homme en place s'affiche :
Mais il nous fait bien sans façon
   Payer les frais d'affiche. (*bis.*) (*Ils se lèvent.*)

Allons, mon cher, je suis enchanté de t'avoir retrouvé en bonne santé. L'intérieur de ton ménage ne te laisse rien à désirer. Tu es père de deux enfans charmans, tu possèdes une gouvernante adorable, ajoutez à cela les suffrages du public, que tu mérites à juste titre, c'en est assez, je crois, pour trouver le bonheur.

DORVAL.

Aussi je ne me plains pas.

FLORICOUR.

Quelle différence de ton sort avec le mien ! Je suis
un pauvre diable de garçon à qui personne ne s'intéresse.

DORVAL.

Ah ! vos plaintes sont injustes. Et les bonnes fortunes ?

FLORICOUR.

Mais, mon cher, c'est comme les fortunes du jour,
on ne saurait y trouver le vrai bonheur. Allons, je te
laisse. Je vais faire quelques visites. A propos, je te
retiens pour dîner. Je viendrai te prendre. Nous irons
à la campagne.

DORVAL.

J'accepte ton invitation.

FLORICOUR.

Sans adieu, mon cher Dorval.

DORVAL.

Au revoir, mon ami.

SCÈNE IX.

DORVAL, *seul.*

IL est étourdi, léger, mais excellent garçon. Il n'a
point oublié dans son voyage la galanterie. Julie nous a
mis à même d'en juger. Ce qui m'en plaît, c'est qu'elle
lui a répondu d'une manière assez piquante. A d'heu-

B 3

reuses qualités, joindre les grâces du physique et de l'esprit : c'est un assemblage dont, chaque jour, je suis étonné. Si je me consulte bien, cette indifférence que me reproche Floricour, est prête à s'évanouir Ah ! Julie, vous avez déjà su m'inspirer l'estime et l'amitié : il vous faut encore un autre sentiment.

Air : *Du petit Commissionnaire.*

L'homme est un pauvre voyageur,
Que plus d'un sentiment anime.
D'abord par la vertu son cœur,
Chemin faisant, trouve l'estime.
Plus loin, par des soins délicats,
L'amitié s'offre à son passage :
Si la beauté s'y joint, hélas !   } *bis.*
L'amour est bientôt du voyage.}

SCÈNE X.

DORVAL, AUGUSTE, FREDERIC.

FREDERIC.

MON papa, je viens prendre ma leçon, si tu veux bien me la donner.

DORVAL.

Très-volontiers, mon ami. As-tu bien étudié ?

FREDERIC.

Oh ! je t'en réponds.

DORVAL.

Bon. Si je suis content de toi, nous irons promener avec Auguste.

AUGUSTE.

Mon frère, nous irons promener avec papa. Oh! que je suis content!

FREDERIC.

Ce doit être un plaisir pour nous. Mais tu ne songes pas que ma bonne amie restera seule.

AUGUSTE.

Ah! tu as raison.

DORVAL.

Vous l'aimez donc bien?

FREDERIC.

Peux-tu nous le demander?

AUGUSTE.

Elle est si douce!

FREDERIC.

Elle est si bonne!

AUGUSTE.

Elle a tant de soins pour nous!

FREDERIC.

Elle a tant de complaisances!

AUGUSTE.

Oh! elle nous aime autant que toi.

DORVAL, *à part.*

Ah! Julie, quel éloge! (*haut.*) Vous n'ignorez pas, mes amis, à quoi ces soins, ces complaisances, cette amitié vous engagent.

FREDERIC.

A l'aimer comme nous t'aimons.

DORVAL.

C'est cela, mes amis, c'est cela.... Allons, Frédéric, as-tu exercé ta mémoire?

FREDERIC.

Oui, mon papa.

DORVAL.

Voyons, mon ami.

FREDERIC.

Tiens, papa. C'est une anecdote que m'a contée ma bonne amie. Elle m'a fait tant de plaisir, que j'ai voulu l'écrire et l'apprendre par cœur.

DORVAL.

Je t'écoute.

FREDERIC, *récite.*

Par ses talens, son amabilité,
Par le plus heureux caractère,
Forlis par-tout était cité :
A tout le monde il savait plaire.
De Laure il était inconnu :
Laure enfin voulut le connaître,
A peine ses yeux l'ont-ils vu,
Que dans son cœur elle sent naître
Cet intérêt, ce sentiment,
Par fois pénible et toujours plein de charmes,
Laure, dès cet instant,
A Forlis a rendu les armes,
Et ne cherche plus chaque jour
Qu'à mériter le plus tendre retour.
Une occasion se présente :
Bravant les préjugés, n'écoutant que son cœur,
Près de Forlis Laure entre gouvernante :
Ah ! c'est pour elle une douce faveur !
Les deux enfans de celui qu'elle adore
Sont les objets de ses plus tendres soins.
Par eux Laure goûte du moins
Des plaisirs qu'on ignore.
Bientôt ils vont s'évanouir

Ainsi que la douce espérance
De pouvoir un jour obtenir
De son amour la récompense.
Son oncle qui, pour quelque tems,
Voulut bien se séparer d'elle,
Son oncle aujourd'hui la rappelle
Pour prendre soin de ses vieux ans.
Loin de vous, chers enfans, qui pourra la distraire
Des tourmens de son cœur ?
Laure, hélas ! sera toute entière
Livrée à la douleur.
Ce n'était pas là son attente :
Elle avait un plus doux espoir.
Petits amis, matin et soir,
Plaignez, hélas ! la pauvre gouvernante.

AUGUSTE.

Oh ! pour moi, je la plains bien. Et toi, papa.

DORVAL,

Son sort m'intéresse vivement. (*à part.*) Quel singulier rapport ! .... Mes idées se succèdent et se confondent.

FREDERIC.

Ces pauvres enfans, quel chagrin pour eux de la voir s'en aller !

AUGUSTE.

Oh ! pour moi, si pareille chose m'arrivait.... Mais nous n'avons rien à craindre : tu garderas toujours Julie, n'est-ce pas ?

DORVAL.

Oui, mes enfans. Du moins je ferai en sorte qu'elle ne s'éloigne jamais de vous.

FREDERIC.

Oh ! le bon papa.

AUGUSTE.

Embrasse-nous. (*Dorval les embrasse.*)

DORVAL.

A bientôt, mes amis.

FREDERIC.

Tu sors ?

DORVAL.

Je vais un instant au théâtre.

FREDERIC.

Cela suffit. Nous le dirons à ma bonne amie.

(Dorval sort.)

SCENE XI.

AUGUSTE, FREDERIC.

AUGUSTE.

Dis donc, mon frère, je suis bien content de notre leçon d'aujourd'hui.

FREDERIC.

Elle ne t'a pas coûté beaucoup de travail.

AUGUSTE.

Il ne faut pas m'en faire de reproches. Je n'aurais pas aussi bien que toi récité l'histoire de la pauvre gouvernante.

FREDERIC.

Tu me flattes !

AUGUSTE.

Non. Tu as été comme un ange.

F R E D E R I C.

Tu crois ?

A U G U S T E.

Je l'ai bien vu à la figure de papa. Il a paru bien touché.

F R E D E R I C.

Et qui ne le serait pas ?

A I R : Lorsque vous verrez un amant.

Tous les cœurs seront attendris
Au récit des chagrins de Laure.
Moi-même quand je les appris,
Je pleurais, et j'en pleure encore.
Et si notre père, à son tour,
Est attendri par cette histoire,
Je puis dire avoir en ce jour
Remporté le prix de mémoire.

S C E N E X I I.

L E S P R É C É D E N S, J U L I E.

A U G U S T E.

Ah ! te voilà, ma bonne amie.

J U L I E.

Avez-vous pris votre leçon ?

F R E D E R I C.

Oui, nous l'avons prise avec bien du plaisir.

J U L I E.

Cela doit être.

Air : *Trouver le bonheur en famille.*

Avec un tel instituteur ,
Sans peine on marche à la science ;
Les leçons que donne le cœur
Plaisent toujours , même à l'enfance.
Jamais d'un père , nous dit-on ,
Le disciple ne se désole.
Le plaisir dicte la leçon
Avec un tel maître d'école.

FREDERIC.

Tu sais que c'est aujourd'hui que je devais exercer ma mémoire.

JULIE.

Oui , tu me l'as dit.

FREDERIC.

C'est vrai. Mais je ne t'avais pas dit ce que j'apprendrais par cœur.

JULIE.

Non.

FREDERIC.

Devine ce que j'avais choisi pour réciter à papa.

JULIE.

Cela me paraît difficile.

AUGUSTE.

Eh bien ! moi , je vais te le dire. C'était la pauvre gouvernante.

JULIE.

Comment ! tu as raconté à ton père....

FREDERIC.

L'histoire intéressante de la pauvre Laure.

AUGUSTE.

Oh ! vas, elle a fait grand plaisir à papa.

FREDERIC

C'est bien pour cela que je l'avais apprise. Et puis ce qui plaît au cœur se grave aisément dans la mémoire.

JULIE.

Et que vous a-t-il dit à ce sujet ?

FREDERIC.

Oh ! ce qu'il nous a dit nous a fait trop de plaisir pour ne pas nous en souvenir.

AUGUSTE.

Papa a plaint les chagrins de la pauvre Laure.

FREDERIC.

Il ne s'en est distrait que pour nous promettre qu'il ferait tout pour que notre bonne amie ne s'éloigne pas ainsi de ses petits amis.

JULIE.

Chers enfans ! (*à part.*) Ils ont, sans le savoir, plaidé ma cause.

AUGUSTE.

Aussi nous allons nous amuser de bon cœur.

JULIE *les embrasse.*

Vous ferez bien, mes petits amis. Après l'étude, la récréation est permise.

FREDERIC.

A propos, si quelqu'un demande papa, tu diras qu'il est au théâtre.

JULIE.

Cela suffit.

SCÈNE XIII.

JULIE, *seule.*

CES enfans m'ont servie à merveille. Je ne leur avais appris cette histoire supposée que dans l'espoir qu'ils voudraient la raconter à leur père. Mon projet a réussi : quelles auront été les réflexions de Dorval ?

AIR : *Jeunes amans, cueillez des fleurs.*

Au récit naïf et touchant
Des chagrins de la pauvre Laure,
Si je devais le changement
De celui que mon cœur adore,
De mes soins, de mon amitié,
Ah ! quelle douce récompense !
Le bien n'est jamais oublié,
C'est là mon unique espérance. (*bis.*)

SCÈNE XIV.

JULIE, FLORICOUR, *déguisé en auteur.*

FLORICOUR, *à part au fond du théâtre.*

SOUS ce déguisement, je pourrai, sans qu'elle me reconnaisse, jouir d'un moment d'entretien avec elle. Il serait plaisant de souffler à Dorval une gouvernante aussi jolie. Allons, du courage, Floricour. (*Il fait du bruit comme s'il entrait.*) Mademoiselle, j'ai l'honneur de vous présenter mes hommages.

JULIE.

Monsieur, je suis votre servante. Que demandez-vous ?

FLORICOUR.

L'avantage de saluer M. Dorval.

JULIE.

Il est sorti pour le moment.

FLORICOUR, *à part*.

Je le sais bien. (*haut.*) J'en suis désespéré ; je venais lui communiquer quelque chose d'important.

JULIE.

Si vous vouliez vous donner là peine de passer au théâtre, il doit s'y trouver.

FLORICOUR.

Sans doute, il est en affaires, et je ne veux point le déranger.

JULIE.

Faites-moi le plaisir alors de me dire votre nom.

FLORICOUR.

Oh ! je suis très-connu par mes ouvrages.

JULIE.

Ah ! monsieur est auteur.

FLORICOUR.

Pour vous servir, mademoiselle. Vous pouvez disposer de ma muse : elle sera toujours prête pour vous chanter.

AIR : *Vaud. des petits Montagnards.*

J'ai vu l'amour et les trois grâces
En entrant dans cette maison ;

Comment ne pas suivre les traces
De Tibulle et d'Anacréon ?
Chacun d'eux eût voulu vous plaire,
Chacun eût voulu vous charmer.
Pour vous, le chantre de Cythère,
Ovide, eût écrit l'art d'aimer.

JULIE.

Vous êtes galant.

FLORICOUR.

Je suis poëte et français. Vous connaissez mes principes : il faut maintenant que vous jugiez de mes ouvrages.

JULIE.

Quoi ! vous voulez qu'une simple gouvernante....

FLORICOUR.

Et pourquoi pas ?

JULIE.

Vous me répondrez peut-être. Molière, avec raison, consultait sa servante.

FLORICOUR.

Et l'on doit croire à ce grand maître.

AIR : *Vaudev. du Jockey.*

Plus d'un auteur, dans ce moment,
Devrait bien prendre cet usage,
Consulter la sienne souvent
Pour nous présenter son ouvrage.
Mais de Molière, par malheur,
Oubliant la marche savante,
Chez eux on ne voit plus l'auteur
Qui consultait une servante.

JULIE.

Votre vénération pour un tel maître me donne la meilleure opinion de vos productions.

FLORICOUR.

FLORICOUR.

Ne vous y trompez pas. Certes, je révère ce modéle
sublime, et ce n'est pas sans une espèce de honte que
je viens vous présenter mon enfant illégitime.

JULIE.

Et quel est cet enfant?

FLORICOUR.

Hélas ! le goût et les grâces ne présidèrent point à
sa naissance.

JULIE.

Enfin, quel est-il?

FLORICOUR.

C'est un sombre et triste drame.

JULIE.

En effet, j'ai entendu dire que ce genre d'ouvrage
ne saurait contribuer à la gloire du théàtre.

FLORICOUR.

Que voulez-vous, il a séduit le plus grand nombre
de mes confrères, parce qu'il n'offre point ces difficultés inséparables d'un ouvrage avoué par le bon goût.
L'imagination et le génie ne sont plus pour rien dans
nos modernes productions. Maintenant parmi les auteurs, voici quel est l'usage.

AIR : *On compterait les diamans.*

Paraît-il un roman nouveau,
Mystérieux, sombre et bizarre,
De cet agréable tableau
On craint qu'un autre ne s'empare.
Aujourd'hui le plus grand talent
Est de le gagner de vitesse.
Par plus d'un l'on a vu souvent
Le nouveau roman mis en pièce.

C

JULIE.

De sorte qu'à présent le théâtre est une boutique de libraire.

FLORICOUR.

A-peu-près. Mais le goût est un peu changé. Les romans ne sont plus la mine féconde où les auteurs puisent leurs richesses. Le théâtre allemand est aujourd'hui la proie des corsaires dramatiques.

AIR : *Ce fut par la faute du sort.*

> Sur les affiches maintenant,
> Ce qui se présente à la vue,
> C'est toujours un drame allemand
> Traduit du célèbre Kotzbüe.
> Chacun en plein drap veut tailler.
> On dirait, ne leur en déplaise,
> Qu'ils espèrent tous s'habiller
> En l'habillant à la française.

JULIE.

Vous êtes peu indulgent pour vos confrères.

FLORICOUR.

Il ne faut pas que cela vous étonne ; c'est convenu entre nous. Mais parlons maintenant de ma pièce : voulez-vous que je vous la lise ?

JULIE.

C'est vous donner une peine que je ne mérite pas.

FLORICOUR.

Puisque c'est ainsi, je vous la laisse, pour que vous ayez la complaisance de la remettre à M. Dorval ; peut-être sera-t-il plus heureux que moi.

JULIE.

Soyez persuadé que je ne vous oublierai pas.

FLORICOUR.

Vous ne ferez que me payer de retour. Je ne vous le cacherai pas : votre conversation a fait naître dans mon cœur un sentiment plein de charmes. Il ne faut qu'un instant pour décider de notre sort.

JULIE.

Eh ! mais, je crois, vous me faites une déclaration.

FLORICOUR.

Et vous la méritez. Ah ! que je serais heureux de vous avoir pour compagne ; que de soins, que d'égards, que d'amour j'aurais pour vous ! Je me croirais Ovide auprès de sa Julie.

JULIE.

Je suis flattée de l'illusion, mais vous ne pouvez exiger que je la partage.

FLORICOUR.

Vous tenez beaucoup à la condition où vous êtes ?

JULIE.

Je ne saurais en trouver une qui me convînt davantage.

FLORICOUR.

Mais M. Dorval, d'un caractère indifférent, n'apprécie pas, sans doute, tout son bonheur ?

JULIE.

Il a des égards, des attentions pour moi. C'est tout ce que je puis exiger.

FLORICOUR, *à part.*

Allons, je vois qu'elle y tient. Il n'y a rien à faire. (*haut.*) Je suis désespéré de votre indifférence ; je vous quitte avec tous les regrets que donne l'amabilité. Mais j'espère avoir le plaisir de vous revoir bientôt. Je suis bien votre serviteur. Ne vous dérangez pas.

SCENE XV.

JULIE, *seule.*

QUEL original avec sa déclaration impromptu. Sa franchise me plaît. Il a de l'esprit, du jugement, et cependant il donne dans les travers du jour. Je pense encore à son drame qu'il voulait me lire.

AIR : *Daignez m'épargner le reste.*

Ainsi l'on voit beaucoup d'auteurs
Suivre les écarts du génie.
On voit très-peu d'imitateurs
En fait de bonne comédie.
On imite tous les romans,
Sans imiter un caractère.
On imite les revenans,
Mais on n'imite pas Molière. } *bis.*

SCENE XVI.

JULIE, JACQUOT.

JACQUOT.

TENEZ, mam'zelle, v'là une lettre.

JULIE.

Donne.... Elle est pour moi !

JACQUOT, *malignement.*

Ah ! c'est différent.

JULIE.

Voyons ce qu'elle contient.

JACQUOT, *à part.*

Une lettre à une jeune et gentille gouvernante, ça se devine aisément.

JULIE, *lisant.*

» Ma chère amie,

JACQUOT, *à part.*

C'est un galant, écoutons.

JULIE.

» Je ne puis supporter plus long-tems ton absence.

JACQUOT, *à part.*

Tous les amoureux en disent autant.

JULIE.

» C'est peu d'être séparé de toi, tu m'as encore
» condamné à ne point te voir.

JACQUOT, *à part.*

Effectivement, il n'est jamais venu ici.

JULIE.

» Ton amour exigeait cette privation.

JACQUOT, *à part.*

C'était pour mieux cacher son jeu.

JULIE.

» Et j'ai bien voulu y consentir.

JACQUOT, *à part.*

C'est bien complaisant de sa part.

C 3

JULIE.

» J'exige à mon tour que Julie revienne auprès de
» moi.

JACQUOT, *à part.*

C'est parler en maître.

JULIE.

» L'amitié demande ce sacrifice à l'amour.

JACQUOT, *à part.*

Ah ! il se radoucit.

JULIE.

» Plein de confiance en ta délicatesse , je me suis
» prêté à une démarche qui pouvait te conduire à un
» résultat favorable à tes desirs. J'espère que tu ne me
» trouveras pas injuste aujourd'hui en te rappelant au-
» près de moi.

JACQUOT, *à part.*

Comment ? il veut qu'elle nous quitte.

JULIE.

» Ne sois pas surprise si tu me vois au premier
» jour.

JACQUOT, *â part.*

Bon, je suis curieux de le connaître.

JULIE.

» Il me tarde d'embrasser une nièce qui aura toujours
» pour ami son oncle Dorimon ».

JACQUOT, *à part.*

Tiens , c'est son oncle.

JULIE.

Voilà donc ma crainte justifiée.

JACQUOT, *à part.*

Eh ben ! voyez comme on fait toujours des jugemens tintamarres.

JULIE.

Chers enfans, il faudra vous quitter !

JACQUOT, *à part.*

Comment ! elle veut nous quitter.

JULIE.

Cruelle situation !

JACQUOT, *à part.*

Il paraît qu'elle en est fâchée.

JULIE.

Il faudra bien m'y résoudre.

JACQUOT, *à part.*

Oh ! ça n'est pas clair. Je cours avertir nos petites bonnes gens. Elle les aime. Peut-être ça la détournera-t-il de son projet. (*Il sort.*)

SCENE XVII.

JULIE, *seule.*

AH ! Dorval, pourquoi vous ai-je vu ? Que de chagrins je me suis préparés en cherchant à vous connaître.

ROMANCE.

AIR : *Caché sous les habits d'un esclave africain ,* (de Palma.)

Quel est ce feu subtil qui s'empare du cœur
Lorsque s'offre à nos yeux un objet enchanteur ?
    L'éclair est moins rapide
    Que l'instant qui décide
    Du sort de deux amans.
    Tendre amour que j'implore, ⎫
    Long-tems faut-il encore   ⎬ *bis.*
    Eprouver tes tourmens ?   ⎭

Un seul de ses regards dans mon cœur agité
Fait naître les desirs , la douce volupté.
    Hélas ! en son absence ,
    Pour moi quelle souffrance !
    Tout est peine et douleur.
    Mais près de moi s'il vole, ⎫
    Bientôt je me console ,   ⎬ *bis.*
    Et je crois au bonheur.   ⎭

SCENE XVIII.

JULIE, AUGUSTE, FREDERIC.

FREDERIC, *accourant.*

COMMENT ! ma bonne amie , ce que l'on vient de nous apprendre est-il bien vrai ?

AUGUSTE.

Quoi ! tu veux nous quitter !

JULIE.

Qui vous l'a dit, mes chers enfans ?

FREDERIC.

C'est Jacquot.

JULIE, *à part.*

Il m'aura, sans doute, entendue. (*haut.*) Il est vrai que je suis obligée d'obéir aux ordres d'un oncle qui veut que je sois auprès de lui.

FREDERIC.

Oh ! nous ne te laisserons pas partir.

AUGUSTE.

S'il savait comme nous t'aimons !...

FREDERIC.

Il n'exigerait pas pareille chose.

AUGUSTE.

Tu ne nous quitteras pas.

D u o.

FREDERIC. AUGUSTE.

AIR : *O ma tendre musette ?*

Ecoute la prière
De tes petits amis :
Tu sais qu'elle est sincère,
Sera-t-elle sans prix ?
L'amitié de mon père
Se joint à nos accens.
Tu nous servis de mère,
Reste avec tes enfans.

JULIE, *les prenant par la main.*

Chers enfans ! vous ne devez pas douter de la peine que me causera notre sépar....

FREDERIC, *l'interrompant.*

N'achève pas.

AUGUSTE.

Ne prononce plus ce mot.

FREDERIC.

Embrasse-nous.

(*Julie les embrasse. Dorval paraît.*)

————————————————

SCENE XIX.

LES PRÉCÉDENS, DORVAL, *au fond du théâtre.*

DORVAL, *à part.*

Toujours des caresses ! jamais la moindre querelle. Ah ! Julie, vous devez être aimée (je le sens plus que jamais) de tout ce qui vous environne. (*Il descend la scène.*) Bien, mes enfans.

FREDERIC.

Ah ! mon papa, que tu viens à propos.

DORVAL.

Pourquoi cela, mes amis ?

FREDERIC.

Tu ne sais pas ?

DORVAL.

Quoi donc !

FREDERIC.

Ma bonne amie parle de nous quitter.

DORVAL.

Nous quitter ! Est-il bien vrai , Julie ?

JULIE.

Il n'est que trop vrai.

DORVAL.

Vous me surprenez. Auriez-vous à vous plaindre ?

JULIE.

Il me serait difficile de trouver une condition plus agréable.

DORVAL.

Mes enfans , laissez-nous un moment.

FREDERIC.

Oui , mon papa. Et sur-tout souviens-toi de la promesse que tu nous a faite après le récit des chagrins de Laure.

DORVAL.

Je ne l'ai point oubliée.

(Ils sortent.)

SCENE XX.

DORVAL, JULIE.

JULIE, à part.

QUE va-t-il me dire !

DORVAL, à part.

Quel entretien difficile ! (haut.) Vous vous plaisez,

dites-vous, dans cette maison, et vous cherchez à vous
en éloigner.

JULIE.

Je ne dissimulerai point qu'il m'en coûtera beaucoup.

DORVAL.

Vous avez, sans doute, quelque raison pour en agir
ainsi ?

JULIE.

Les ordres d'un oncle qui me réclame et à qui je
dois de l'amitié et de la reconnaissance.

DORVAL.

Ils sont sacrés pour vous, et je les respecte moi-
même ; mais il ne m'est pas défendu de m'en plaindre.
Vos soins, votre zèle, j'ose le dire, l'amitié que vous
m'avez témoignée, me donnent ce droit.

JULIE, *à part.*

Que son langage me semble doux ! (*Haut.*) Ce
zèle, ces soins, cette amitié, on les doit toujours à
celui dont le caractère se fait remarquer par sa dou-
ceur et sa bonté.

DORVAL.

Julie, je ne vous demande point d'éloges.

JULIE.

Je vous rends justice.

DORVAL.

Et pourtant, avec toutes mes qualités, vous allez
me quitter.

JULIE.

Il m'eût été bien doux de rester auprès de vous.

DORVAL.

Et rien ne pourra vous faire changer cette résolution ?

JULIE.

Je ne le prévois pas.

DORVAL.

Vos petits amis vont être au désespoir.

JULIE.

Je n'aurai pas moins de chagrins qu'eux. Je trouvais dans les soins que je leur donnais un plaisir dont le souvenir ne saurait s'effacer de mon cœur.

DORVAL.

Je verrai avec d'autant plus de peine l'instant où vous cesserez de les leur prodiguer. Julie, vous ne savez pas combien je souffrirai de ne plus vous voir. Vous vous êtes acquis tant de droits à mon estime, à mon amitié, que votre éloignement, je ne crains pas de le dire, me semble impossible.

JULIE, à part.

Que ne puis-je le voir de même.

DORVAL.

Vous m'avez inspiré un intérêt....

JULIE, à part.

Que veut-il dire ?

DORVAL,

Qu'il m'est difficile de vous peindre.

JULIE, à part.

Il ne m'a jamais parlé comme cela. (haut.) Mes désirs ont toujours été de m'en rendre digne.

DORVAL.

Oh ! cela ne m'est point échappé,

JULIE, *à part.*

Se serait-il apperçu.....

DORVAL.

Je vous ai toujours vu voler au-devant de ce qui pouvait m'être agréable.

JULIE.

C'était bien naturel.

DORVAL.

Aussi ai-je fini par ne plus vous voir comme une gouvernante.

JULIE, *à part.*

Serais-je reconnue ?

DORVAL.

Mais comme la maîtresse..... de la maison.

JULIE.

C'est la preuve d'une confiance qui m'honore.

DORVAL.

Et que vous mériez à tous égards. Vos qualités vous distinguent des personnes de votre condition. Votre langage, votre jugement, votre intelligence m'ont surpris plus d'une fois, je vous l'avoue. Et tenez, je vais vous demander la permission de les mettre encore aujourd'hui à l'épreuve. (*à part.*) Je ne dois plus hésiter. (*haut.*) Il s'agit d'un rôle dont, à chaque pas, je sens toutes les difficultés. J'en saisis bien le sentiment. Mais c'est sur la manière de l'exprimer, que je suis embarrassé. Julie voudra-t-elle me le faire répéter ?

JULIE.

Vous pourriez mieux vous adresser. Mais si vous le voulez, je n'ai rien à répliquer.

DORVAL.

Je suis enchanté de votre complaisance. Sur-tout, prêtez-moi toute votre attention. Il s'agit d'un amant que la crainte arrête au moment de se déclarer.

JULIE.

C'est un titre de plus pour le rendre intéressant.

DORVAL, *lui remettant un rôle.*

Voilà où j'en suis.

JULIE.

Je vous écoute attentivement.

DORVAL.

Vous me donnerez les repliques.

JULIE.

Tout ce qu'il vous plaira.

Rôle que se fait répéter Dorval (1).

DORVAL.

D'un sentiment que l'estime m'inspire, l'aveu doit-il donc causer tant d'embarras ?

JULIE, *lisant.*

Je ne vois pourtant rien de mieux dans la situation, à moins que de parler moi-même, et je ne saurais m'y rendre : j'ai d'ailleurs d'autres raisons qui veulent que je me retire : je n'ai plus que faire ici.

DORVAL.

Comme je ne sais pas vos raisons, je ne puis les approuver ni les combattre.

JULIE.

Il vous est aisé de les soupçonner.

____

(1) Scène huitième du troisième acte *des Jeux de l'Amour et du Hazard.*

DORVAL.

Il y a bien certaines choses que je pourrais supposer. Mais je n'ai pas la vanité de m'y arrêter.

JULIE.

Ni le courage d'en parler ; car vous n'auriez rien d'obligeant à me dire. Adieu, Dorante.

DORVAL.

Prenez garde : je crois que vous ne m'entendez pas ; je suis obligé de vous le dire.

JULIE.

A merveille. L'explication ne me serait pas favorable : gardez-moi le secret jusqu'à mon départ.

DORVAL.

Quoi ! sérieusement, vous partez ?

JULIE.

Feignons de sortir, afin qu'il m'arrête.

DORVAL, *l'arrêtant.*

Restez, je vous en prie : j'ai encore quelque chose à vous dire.

JULIE.

A moi, Monsieur ?

DORVAL.

J'ai de la peine à vous voir partir, sans vous convaincre de mes sentimens.

JULIE.

Eh ! Monsieur, pourquoi vous justifier auprès de moi ? Ce n'est pas la peine : je ne suis qu'une suivante, et vous me le faites bien sentir.

DORVAL.

DORVAL.

Moi, Lisette ! Est-ce à vous à vous plaindre, vous qui voulez partir sans me rien dire.

JULIE.

Que vous importe mes sentimens ?

DORVAL.

Ce qu'il m'importe ! Peux-tu douter encore que je ne t'adore ?

JULIE.

Vous m'aimez ! mais votre amour est-il bien sérieux. Vous en rirez peut-être en me quittant, et vous aurez raison : mais, moi, Monsieur, si je m'en ressouviens, comme j'en ai peur : s'il m'a frappée, quel secours aurai-je contre l'impression qu'il m'aura faite ? Qui voulez-vous que mon cœur mette à votre place ? Savez-vous bien que si je vous aimais, tout ce qu'il y a de grand dans le monde ne me toucherait plus ? Ayez donc la générosité de me cacher votre amour.

DORVAL, *avec désordre.*

Ah ! ma chère Julie ! que viens-je d'entendre ! Tes paroles, un feu qui me pénètre. Je t'adore, je te respecte : il n'est ni rang, ni naissance, ni fortune qui ne disparaisse devant une ame comme la tienne. J'aurais honte que mon orgueil tînt encore contre toi : mon cœur et ma main t'appartiennent.

JULIE, *avec la plus grande surprise.*

Que dites-vous ?

DORVAL.

La vérité. Il n'est plus tems de feindre, je vous aime, et ne puis plus m'en cacher.

D

JULIE, *oppressée par la joie.*

Vous m'aimez ! Eh bien, à votre tour, apprenez.....
Ah ! je n'ose encore croire à mon bonheur.

DORVAL.

C'est le mien qu'il faut assurer en m'accordant votre
main.

(Il est aux pieds de Julie.)

SCÈNE XXI.

LES PRÉCÉDENS, DORIMON, AUGUSTE, FREDERIC.

FREDERIC, *à Dorimon.*

AH ! vous voyez bien que papa ne veut pas qu'elle
s'en aille.

JULIE.

Quoi ! c'est vous, mon oncle ! ah ! venez partager
mon bonheur.

DORVAL, *surpris.*

Son oncle !

DORIMON, *après avoir embrassé Julie.*

Ah ! ça, dis-moi, est-ce que j'arrive tout à propos
pour donner mon consentement ?

AUGUSTE

Oui, monsieur, elle ne s'en ira pas.

JULIE.

Non, petits amis, je resterai près de vous si toutefois
mon oncle y consent.

DORIMON.

Peux - tu penser que je voulusse m'opposer à ton bonheur après la démarche que je t'ai permise ? Monsieur, voilà le fait en deux mots. Ma nièce n'a pu vous voir sans éprouver pour vous ce qu'on appelle de l'amour. Pour se mettre à même d'obtenir un tendre retour, elle a voulu prendre les habits d'une gouvernante. Persuadé de votre délicatesse , instruit de tout le bien qu'on disait de vous, j'ai consenti à tout. Son projet a-t-il réussi.

DORVAL.

Oui, monsieur. L'aimable Julie, par ses charmes et sa délicatesse , a trouvé le chemin du cœur de celui qui ne veut plus se séparer d'elle.

DORIMON.

Ah ! voilà bien les femmes : elles en viennent toujours à leur but. Allons, j'approuve votre union. C'est un plaisir pour moi de devenir l'oncle d'un artiste recommandable par ses vertus et ses talens.

SCÉNE XXII *et dernière.*

LES PRÉCÉDENS, FLORICOUR , JACQUOT.

JACQUOT, *entrant.*

V'LA , monsieur Floricour que je vous annonce.

FLORICOUR , *dans son premier costume.*

Je viens te sommer de tenir ta parole. Mais il paraît que tu es en affaire.

DORVAL.

Mon ami, elle est terminée au gré de mes desirs. Tu m'as invité à dîner : moi, je t'invite à ma noce.

FLORICOUR, *avec surprise.*

A ta noce ! plaisantes-tu ?

DORIMON.

Non, Monsieur, il épouse sa gouvernante.

FLORICOUR.

Sa gouvernante !...

JACQUOT, *à part.*

J'savais ben, moi, qu'il y avait de l'amour sus jeu.

FLORICOUR, *à Julie.*

Eh bien, voilà le dénouement de la pièce que je vous ai remise tantôt.

JULIE.

Comment ! c'était vous qui sous le costume d'auteur....

FLORICOUR.

J'ai voulu punir Dorval de sa feinte indifférence. Je suis enchanté qu'il vous ait rendu justice.

DORVAL.

Ah ! mon ami, si tu savais ce que Julie a fait pour moi !

DORIMON.

Allons, allons, vous lui conterez cela dans un autre moment. Vous aviez le projet de dîner ensemble. La partie n'est point dérangée. Je vous emmène à ma campagne. Là, dans un repas apprêté par le plaisir et la gaîté, nous célébrerons l'amour et l'amitié.

AUGUSTE.

En serons-nous, ma bonne amie?

JULIE.

Vous savez bien, petits amis, que nous ne devons plus nous quitter.

VAUDEVILLE.

AIR *nouveau du C. ST.-AMANS, membre du Conservatoire.*

Andante grazioso.

Vous par-tagerez mon a-mour A-vec l'Ac-teur dans son

DORVAL.

Je vais jouir d'un sort bien doux,
Combien il est digne d'envie !
Tout le monde en sera jaloux
En voyant l'aimable Julie.
Je me souviendrai, chaque jour,
Que mon bonheur est votre ouvrage.
Grace à vos soins, le tendre amour ⎱ bis.
Se fixe encor dans mon ménage. ⎰

FLORICOUR.

A la surprise de l'amour
Plus que jamais je rends hommage.
Je ne croyais pas qu'en ce jour
Je verrais chez toi cet ouvrage.
Si, comme toi, je trouve un jour
Gouvernante gentille et sage,
Je te promets bien à mon tour ⎱ bis.
De me fixer dans mon ménage. ⎰

JULIE.

Chacun se déguise en ce jour.

Bien peu de gens sont à leur place.
Par malheur, ce n'est pas l'amour
Qui fait que chacun se déplace.
Si, pour moi, c'est tout différent,
Daignez donner votre suffrage
A mon heureux déguisement   } *bis.*
Avec l'Acteur dans son ménage.

F I N.

A PARIS, de l'Imprim. rue des Droits-de-l'Homme, n°. 44.